行雲
——季芸詩詞集

季芸　著

自序

　　我是個早產兒，小時候，因為經常莫名的用頭去撞牆，阿母曾一度擔心我長大後會不會變成阿達？

　　天公疼憨人，阿母的擔憂最後是虛驚一場。就學後的我，腦子非但沒有亂了序，出乎意料的，竟還成績不錯甚至經常名列前茅。出生貧寒家庭，又是個重男輕女的傳統年代，原本我應該跟幾個姐姐一樣早早就到工廠當女工或是學個手藝什麼的，但我命好，晚了幾年出生排行小，跟姐姐哥哥比起來，不但少吃了不少苦還幸福許多。

　　雖然沒有因早產後遺症讓阿母為我操煩，然而，天生的執拗跟不服輸的性格，年少的我，其實是個很不聽話讓阿爸阿母相當頭痛的孩子。國中誤打誤撞被編進了升學班，聯考時卻因作文失常無緣一二志願。新化高中離家太遠，原本阿爸已經託人幫我找好房子了，卻沒想到我竟在報到前夕臨時變卦，捨棄普通高中改念商職。其實女孩子念商職也沒什麼不好，畢業後當個會計，就當時來說，可以坐辦公桌拿筆是一個鄉下女孩再好不過的出路了，阿母心裡也是這樣想的。然而，阿母並不知道，一向不按牌理出牌的搞怪女兒我，早在選填志願時，就故意把會統科往後推移，把連我自己都不是很清楚的國際貿易排在第一志願。而為了念這個當時並不是很普遍的科系，阿爸還花了近五千塊幫我買了最好的打字機，那時候一學期的學費也不過一千二。

高一時偷偷跑去學鋼琴，沒錢繳學費，還好有三姐贊助。後來成績一度下滑被阿母唸到臭頭，我卻依然不肯放棄，為了買風琴，還趁暑假跑去玩具工廠打工。之後，鋼琴老師出國深造，我的鋼琴夢無疾而終。阿母才總算鬆了口氣。

高三畢業前，偷偷參加保送甄試還意外的矇上了第一志願。印象很深刻，放榜那天，當我興高采烈的告訴阿爸阿母我上榜的訊息時，阿爸阿母當場傻眼臉綠的表情。儘管違背了阿爸的心意，上台北那天，不放心我一個女孩子獨自北上，每天凌晨兩點就起來揉麵做饅頭的阿爸，早餐店收攤後連打個盹都沒有，便領著我搭了四、五個小時的車到台北，把我交給在台北修車廠工作的哥哥後，隨即又趕車回台南。望著阿爸疲憊的身影，原本滿心雀躍的我，突然覺得好難過。

因為社團同學的一句話，專二時決定跨科系準備插大。那年寒假，為了趕回台北補習班上課，剛動完盲腸炎手術的我，不顧阿母的擔憂跟反對，帶著一瓶面速力達母就回到台北。也許是老天爺覺得我太不聽話給我的懲罰吧，放榜結果我以1.5分之差無緣擠進彰師大的大門。接著，阿爸載著不會騎摩托車的我四處面試找工作，等面試通知期間，不顧農曆七月忌諱偷偷跟堂妹學摩托車，沒想到煞車失靈連車帶人撞上了牆。盛夏日正中午，看我額頭血流如注嚇壞了堂妹，更急壞了阿爸阿母。鄉下醫療不完善，阿爸聞訊焦急的趕緊把我送到市區的外科診所縫了好幾針。

剛畢業那一年，我的工作其實不是很順利，有回心情不好打電話回家，阿母一句「台北若是做了無好，返來啦…」，溫暖了離鄉

遊子孤單徬徨的心靈。彷若倦鳥歸巢，沒有多做思索，我收拾行囊回到了家鄉台南。

回台南一年多，那是一段很美好的日子，工作順遂，也順利拿到兩張駕照，自從那次騎車撞了牆，原本我以為這輩子再也不敢騎車了。好不容易安定的生活，後來因為剛退伍的男友，我再度決定離開家鄉。時值農曆七月，阿母苦口婆心要我緩一緩再北上，執拗的我卻說什麼都不肯。家裡供奉了尊從聖母廟迎回來的媽祖，一時拿我沒辦法的阿母，隨口一句：「啊無妳去甲媽祖博杯，媽祖若是講好，我就乎妳去…」，為了順利北上，我還真拿起了筊杯跟媽祖請示了起來，出乎意料的，一連三個聖杯，阿母焦著一顆心順了我的意。

1990年，因為報考電信特考壓力過大身體出了狀況。一輩子忘不了，那天在成大醫院急診室忙得團團轉的阿爸的身影。如願進了電信局後，因分發單位不好，長期戴耳機加上輪班作息不正常導致身體狀況每況愈下經常掛病號。女兒出生後，出現了異於一般孩子的無力症狀，跑遍各大醫院尋不出原因阿母陪著我求神問卜。不捨得我心力交瘁游移在十字路口不知該如何取捨，阿母一句：「別人無置電信局上班嘸是同款咧生活…」，讓我斷然捨棄了人人稱羨的鐵飯碗專心照顧女兒。之後，女兒確定罹患了脊髓肌肉萎縮症，一向剛強的我一時無法接受此晴天霹靂在阿母面前流下了眼淚。隱藏其實心裡也極度操煩的阿母，輕聲的安慰著我：「麥哭啦，慢慢啊帶，無定著有一天就會曉走啊…」，當下，猛然驚醒的我，擦乾眼淚心裡告訴自己，今後絕不再阿母面前掉淚，也不會再讓阿母為我操心了。

2008年，我最親愛的阿母離開了我，之後，最疼惜我的阿爸也到天上跟阿母做伴了。半年不到，痛失雙親，像一把利刃插住胸口，所有空氣瞬間彷彿都被汲光了一樣，痛到無法呼吸的我，好想回到老家那一片大海大聲吼叫，希望老天能還給我最疼我愛我的阿爸阿母…。

2010年，面對人生最大低潮，過了將近三年不知所云的日子。如果生命是五線譜，所有的悲喜就是那高高低低跳動的音符，就在低到不能再低的音律奏完後，我的音符慢慢又跳回五線譜的上端，埋首文字創作，我找到了另一片天空。

生命如歌亦是詩，有時高亢有時低吟，一個微笑，一抹哀愁，願將這片刻的悸動，行雲於文字，在歲月長廊裡，留下雋永。一百零二首歌詞，以及圖片裡的每一首詩文，有我自己某個當下的心情跟感觸、有別人的故事，也有著一時興起的天馬行空。其中「有一款聲」、「最美的手」、以及「夢中的仙女」，有我對阿母深深的緬懷。「天星」跟「豆桑」，是為阿爸而寫。「妳是我永遠的心肝」，是身為一個特殊孩子的母親，我最真切的心情寫真跟期許。「那些年為聯考打拚的日子」，有我年少時趨於教育體制下的無奈跟感受，想起那段每天竹筍炒肉絲的日子，真是心有戚戚焉。「彼岸」、「頭家夢」跟「還記得嗎」，是根據我短篇小說裡的故事濃縮的創作。其實，本來這些歌詞有一些是有曲的，只是礙於一些侷限只能呈現文字的部份。感謝闕宏宇先生的佳曲創作給了我許多填詞的靈感，以及Chris Chen先生不吝惜的提供美麗的攝影作品，讓單純的文字增添許多風采。人生有夢最美，能出一本書，除了圓一個夢，給自己一個紀念，也希望透過這百首的圖文詞集，能獲得讀者的共鳴。

目 次

國語

1.有一款聲

有一款聲
自細漢到大
驚阮畏寒　驚阮熱

有一款聲
親像一條歌
乎阮嘸驚　搖阮大

為著阮　您有嘴無瀾
只驚　阮腳步踏差
為著阮　您苦勸千般
您講　人不一定要出名

看您腳步袂凍行
我的心比刀割卡痛
看您有氣無聲
我的目屎嘸敢哭出聲

雖然央望攔再乎您疼
哪知天公無塊聽
目屎恬恬送您行
只望您永遠袂攔痛

您的聲
陪伴著我　溫暖著我　乎阮依偎
您的聲
阮尚愛聽　永遠放置阮的心肝

您的聲
陪伴著我　溫暖著我　乎阮依偎
您的聲
如今無凍聽　叫阮　要安怎

新竹－竹東
016/01/09

Canon EOS 5D Mark III

重現絢爛美麗
何時綻放新芽
落葉飄零
花開花謝
吹拂散去
可否將我的悲傷
你要往哪兒去
輕柔的風呀
我無法忘記
妳溫柔的慈顏
無從訴起
千言萬語
寄于你去
可否將我的思念
你要往哪兒去
飄泊的雲呀

1.有一款聲

逝飛　更煙　四季轉瞬　月月　秋歲　花匆　春匆
疊悔　一懊　虛幻增徒　夢空　若成　生醒　浮夢
璀回　如幾　美麗有能　空生　星人　夜華　月風
慧悔　智無　增長命生　桑最　滄為　苦下　悲當

新詩・葉大
2015/07/25　　　Canon EOS 5D Mark III

2.女人心

瓊花開半暝（瓊花：曇花）
越頭隨蓮去（萎去）
青春的花蕊
美麗只有一時

花開蜂蝶無閒戀紛飛
青春若過花謝落土　　只剩枝

春風微微
樹頂鳥隻歡喜鬧烈唱歌詩
油蔴菜籽
隨風飛的日子早就已經過去
女人一生　珍惜自己著愛趁時
就算美麗只有一日　只有一暝
嘛要　好好啊水

天光迎露水
日落月伴暝
歲月如流水
一日一日去

花開蜂蝶無閒戀紛飛
青春若過花謝落土　只剩枝

春風微微
樹頂鳥隻歡喜鬧烈唱歌詩
油蔴菜籽
隨風飛的日子早就已經過去
幸福人生　拿出勇氣嘸免傷悲　自由追
嘸管是短短一日　或是一暝
咱攏要　好好啊水

3.大樹腳

大樹腳
無半個人影
只剩椅寮孤單置遐
從透早
到日頭落山
恬恬無人應聲

細漢時尚愛甲阿公去大樹腳
坐恬椅寮聽阿公講古唸歌
樹頂的鳥隻嘛來作伴
作伙唱著一條快樂的歌

阿公講的話我攏有塊聽
大漢要友孝帶阿公四界行
世事的變化誰人會知影
大樹腳啊　鳥隻已經散

戲水擣衣灌水田
清清小河憶童年
水依舊　山綿延
怡然阡陌水雲間
昔日歡笑夢流連

4.路邊攤仔的夢

為著生活　每日走西東
嘸驚風雨　嘸驚汗水澹（澹：濕）
路邊生活雖然嘸是阮的夢
若打拚　夢袂空等

春夏秋冬　一冬過一冬
日曝露凍　阮是賺呷人
世情冷暖有誰人會凍央望
有困難　甲己承擔

認真打拚　白飯也會香
只要用心　樹就會大叢
尚驚失志　一切變成空
心頭亂　前途茫

為著心內的夢　嘸驚艱難
就算是風雨淋　腳步輕鬆
船出帆　等待回航
阮相信　會有彼工

打拚就有希望　天會幫忙
等待成功彼工　花自然紅
阮的夢　總有一工　會比花紅

新竹-海山漁港
2013/10/09

陽涼雨徨
朝淒雨傍
待搶守　三黃不
涼燈采燈　茫人昏頭
微街風街　茫行燈街
風寂兒淡　色上伴亮
晚靜星黯　夜路月照

5.阿嬤的秘密

月光微微的暗暝
火金姑燈火圍牆邊
亭仔腳的彼寮籤仔椅
阿嬤目睭眯眯想過去

翻著古早的相片
人生好親像一齣戲
棚頂棚腳不過目一逆
青春少年是暫時

心肝頂彼個名字
像天頂彼粒星
恬置遙遠的天邊
卻永遠放袂離
一支沒人知影的鎖匙
阿嬤心內的伊
只有月娘了解著阿嬤的心意
相思恬恬無半字

心肝頂彼個名字
像天頂彼粒星
日子一工一工恬恬來過去
天星陪伴相思的暗暝
嘸曾離開（嘸曾：不曾）

台中 - 高美
2013/06/08

回憶蔓延了思緒
回不了的過去
像熊熊火炬
再次燃燒了已冰冷的心緒
是誰
將黑網套住了天際
帶走了潮汐…

5.阿嬤的秘密

6.想你

恬恬站置亭仔腳
看著日頭要落山
歸陣野鳥飛過山嶺
哪會找無你的形影

往事一幕幕夢一般
感情哪會講煞就煞
你哪甘安捏對待我
放我一人置這孤單

為什麼
無乎我一個機會
乎我一個解釋
甲我好好講詳細
放我甲己離開
孤單一個
叫我安怎袂怨嗟

對你用情這泥深
那知你對我無情
甘講是緣份已經盡
擱講啥米攏無路用

想到你恬恬來離開
連一句相辭攏無閒
思念的心情像海湧
一波一波湧滿心胸

為什麼
咱袂凍好好作伙
甘講你無愛過
痴心只有我一個
就算感情要切
嘛要乎我
知影到底啥問題

台中-福壽山
2011/12/03

Canon EOS 5D Mark II

當夏季離去
秋風吹起
每一片飄落的葉裡
遺落在歲月長廊裡的記憶
依然有你⋯

7.討海人的心聲

鹹鹹海風配海湧
熱天炎熱冬青冷
鹹酸苦澀的心情
只有海鳥暫時停

一年四季守船頂
每工甲海搏感情
三頓靠海來呷穿
認真打拚為家庭

人生命運怎樣揀
茫茫大海月光冷
是好是壞天牽成
怨嘆只有心肝凝

風湧疊疊擱層層
尚驚歹天無收成
怨天怨地啥路用
快樂出帆拚前程

流求得愁
東所自閒
付無樂慈
煙生足自縛
塵人知自
憂看寬要
煩笑心莫

暮霧景處
與雲風處
朝化是美
湧天處拾
雲樂隨處俯
起然生心
風怡人用

8.豆桑

自細漢　您用威嚴將阮疼
慈祥的笑容　像日頭藏置雲後壁
少年懵懂的我　無了解您的心晟
辜負您的央望跟歹行

親像山　總是恬恬乎阮偎
操煩的目屎　藏置心內驚乎阮看
孤單失意的我　好佳在有您陪伴
浪子若要回頭要趁早

豆桑啊
我一聲擱一聲
願用一生來換您的命
若有後世人
願繼續擱做您的子
友孝您袂擱踏差

豆桑啊
請您原諒不孝子
今後我會認真來打拚
就算路歹行
我會一步一步
用心向前行

台北 - 陽明山
2012/12/14

性寵時持　無時天遲
仔人仔扶　人葉如悔
囝愛囝甲　誰落大後
人褒漢惜　年有情惜
老人細疼　少嘛恩珍
講愛起咱　春花母無
人嘛想甲　青繁父若

8.豆桑

嘉義-阿里山
2012/03/15

愁隨風
對影獨酌
誰能懂
多情種
相思一曲
迴夜空
月朦朧
鳥朦朧
舞霞紅
晚風翩然

9.樓台思情

樓台窗會　妳的笑容親像月
溫柔美麗　形影從此心內跟
酒一杯　望月老會凍將妳我牽作伙
真心話　願用一生陪

門第難配　無奈情緣這泥短
舉頭看月　難忘樓台的相會
六月霜雪　心痛到底有誰人會凍體會
緣份一切　只有問天地

情緣難切　阮像一隻風吹
任由風飛　樓台邊獨徘徊
蝴蝶相跟　世間會凍幾個
為情癡迷　阮魂魄已經飛

情深難回　船到江中怎倒退
情關難過　情淚一回攔一回
水落地　真情付出是要安怎攔收回
一蕊情花　只好藏心底

情火難退　相思難解酒千杯
癡心一個　為妳消瘦無後悔
緣淺難會　情詩寫成批阮夯筆將妳畫（夯筆：拿筆）
醉落酒杯　夢中將妳找

情緣難切　阮像一隻風吹
任由風飛　樓台邊獨徘徊
蝴蝶相跟　世間會凍幾個
為情癡迷　阮魂魄已經飛

情緣難切　阮像一隻風吹
任由風飛　樓台邊獨徘徊
用情這多　甘會結果開花
願用一生　等待也袂怨嗟

10.一枝草一點露

人生的路途　難免有風雨
遇到困難誰人無
勇氣來照路　呷苦當作補
雲開天清就有光明路

千萬嘸通腳步踏錯
糊塗起風波
虎死留皮名千古
水潑落地人生難再起爐

怨嘆嘸是步　欣羨免怨妒
做人嘸免塔擱捧　（塔擱捧：奉承）
世事多變數　嘸驚運命阻
腳步堅定天自然來助

一枝草就有一點露
成功無撇步
管伊大風或大雨
勇敢向前創造幸福前途

新竹 - 清大
2015/07/25

一支草　一點露
人生不怕命來磨
就怕自己不想走…

11.頭家夢

目睭撥金看　已經八點半
喔My god.
該死的鬧鐘仔哪會無叫我

油門催乎飽　紅燈衝過線
哇哇哇
無情的紅單叫我要安怎

電話響袂煞　客戶氣扯扯
頭家的面腔臭甲嘸敢看
做人的薪勞實在真歹命

為著三頓飽　認真來打拚
有時歸身汗有時冷攔寒
故鄉的月娘只有遠遠看

啊…
人情冷暖艱苦嘛是要行
人生的路嘸驚運命來拖磨

啊…
誰講薪勞是阮永遠的命
總有一工天公伯來將阮疼
薪勞頭家運命換
人生黑暗就會變清泉

台南－四草
2013/04/21

雲天守一
散清得抹
心影雲光
花閃開亮
朵去終映
朵陰見心
開霾月海

11.頭家夢

頭前溪
2011/09/24

情蜓　許口醉留⋯
詩愁　蜿流幾心似難
風心盪悠嘆留紅海
秋釀迴悠輕傷楓情

12.白賊的心

看著一張一張的批信
每一字寫著你的心
你講對阮的愛比海深
咱的愛情　有天做證

到底為著啥米款原因
乎你一去攏無音訊
親像風吹葉飛找無根
茫茫深更　無人通應

怪阮當初相過認真
將你的話　憨憨來相信
思念的心肝定定來凝歸屏
一個人孤單你怎樣忍心

海水猶原是遐泥深
愛是假是真　已經分袂清
任由目屎滴在每一張批信
洗掉你白賊的心

13.稻香情

日頭炎熱照田岸
頭戴著草笠無閒將稻割
為著三頓歸身軀汗
做田人嘸驚熱
大樹腳暫歇熱
割稻飯呷粗飽
有魚　有肉
呷飽攔繼續拚

滿天烏雲天色暗
厝邊頭尾作伙來逗相工（逗相工：幫忙）
趁著大雨還袂落來
趕緊將布帆蓋
若袂赴乎雨淋
一切就無彩工
同心　協力
搶雨汗水澹（澹：濕）

稻香飯香人情香
這氣若收成就要等後冬（氣：季）
看天呷飯做田人的夢
望天公伯幫忙
雨水顧稻叢
日頭曝稻香
歡喜　收成
做田人的央望

秋歌奏響微風涼
農忙只為三餐糧
一分耕耘　一分收穫
盼得豐收稻穗揚

新北市－萬里
2012/10/27

天遠前天
滔遙在雲
浪卻日碧
懼近夜寄
不似月情
行途光思
舟歸星鄉

14.思鄉

無月光的暗暝
冷風微微　雨聲敲窗邊
想起離開彼一日
也是小雨綿綿

一人來到城市
為著前程　離開阿母伊
嘸知故鄉的月娘
今仔日甘有圓

批紙空空無半字
阿母講有閒要寫批返去
孤單打拚的酸苦味
嘸敢來提起

今夜雨聲來打醒
成功失敗暫時嘸管伊
打開批紙
阮用心寫著　一字一字…

15.青梅竹馬

一台腳踏車　載著你甲我
一條青春的歌　管伊雨外大
彼台老水車　有咱的笑聲
你我雙腳相偎未來作伙踏

海湧一聲聲　腳步印滿沙
世界有外泥大　誰人會知影
最後的電影親像你甲我
現實世界將咱拆散

鳳凰花開攔謝　花落像雨心無伴
離開了後的你甘有塊想我
世界到底外大　問海只有天知影
昔日的詛咒已經隨風散

溪邊的水聲　只剩阮的影
你嘸是講要做阮的靠山
失落的心晟　目屎澹歸衫（澹：濕）
望溪水會帶走所有的孤單

野鳥飛過山　叫著你的名　　　鳳凰花開攔謝　花落像雨心無伴
滿天雲霞替阮嘸甘心痛　　　　離開了後的你甘有塊想我
分開的感情線要安怎攔偎　　　世界到底外大　問海只有天知影
有情無緣只好看破　　　　　　昔日的詛咒已經隨風散

新竹 - 南寮
2014/09/06

雙雙陽斜一方…

日影今舟人水

昔儷而孤伊在

15.青梅竹馬

16.夜市人生

（楷體為國語）

日頭漸漸墜落去
路燈一趴一趴起
款著家私緊來去
來去擺夜市

幾塊桌椅擺路邊
為著生活度時機
人來人去做生意
攏是不得已

人客啊
喊聲落去…

米粉燒燒配肉羹
彈珠汽水透心脾
圈圈飛鏢撈金魚
水衫一件賣百二

東山鴨頭鹹酥雞
五金百貨攤皮鞋
若要唱歌KTV
若要聽歌要CD

來喔來喔
頭家今仔日無賺錢
若有甲意免客氣
攏總包返去…

湯包蚵仔煎好滋味
泡菜臭豆腐尚麻吉
大餅就要包小餅伊
火鍋呷完要配冰枝

藥燉排骨補中氣
檸檬愛玉尚合味
木瓜牛奶香擱甜
媽媽小姐尚愛伊

夜市人生武歸暝
嘸管風颱落雨天
認真打拚不管伊
總有一工出頭天

新竹 - 竹東
2015/09/05

朦朧光影　近又遠
一圈一圈
一圈一圈
五彩笑臉
醺醉了心　炫幻了眼
催夜入眠
夢　甜甜

16.夜市人生

風吹花叢情意濃
蝶飛只為戀花容
風欲醉　情萬種
翩然一曲唱花紅

17.春天的花

女：
今仔日天氣真美麗
乎阮的心情水甲親像花
打開窗門鳥隻樹頂飛
白雲隨風吹

男：
牽著你的手來迌街
看你面紅紅又擱頭犁犁
雙人作伙嘸免驚拍謝
鴛鴦愛相跟（相跟：相隨）

女：
春天的花蕊真正多
每一蕊好親像你的情話
甜蜜在心底

男：
春天的花蕊遐泥多
你是我心內唯一的癡迷
今生望你陪

合：
春風溫柔微微吹
百花傳情心內話
情投意合來匹配
幸福牽手作伙找

我請春風送情批（男）
陣陣吹入心肝底（女）
牽手一生頭鬃白（男）
願將一生跟你飛（女）

合：
春風溫柔微微吹
百花傳情心內話
情投意合來匹配
幸福牽手作伙找

18.袂曉

一杯酒　喝落喉
才知心肝置塊哮
痴心猶原袂凍將你留
是你狠心　還是咱的緣份無夠

看你離開無回頭
阮的心嘛跟你走
情份若切無以後
過去要安怎放水流

愛變調　情難了
憨憨等待甘有效
目屎彈著悲傷的曲調
一滴一滴　唱著相思的歌謠

天頂黑雲遐泥厚
黑天暗地茫渺渺
癡情憨怎樣變巧
是安怎我攏學袂曉

明德水庫
2011/09/04

一　葉　扁　舟　渡　紅　塵
匆　匆　來　去　不　留　痕
款　款　雨　落　江　面　吻
激　情　迴　盪　一　輪
繁　華　落　盡　　輪
夢　　亦　真

苗栗 - 泰安
2014/02/03

一條線
綑綁了牽繫與思念
千迴百轉
旋不開註定的情緣
今生的依戀
或許是
前世相欠…

19.反背

甘願相信
這只是一場誤會
甘願相信
一切攏是別人無聊的閒仔話

看你對伊輕聲細說
目屎只有流落腹肚底
無情的反背
甘講只有一句失禮

甘願相信
你會越頭將阮找
甘願相信
總有一工你會反悔甲伊來切

哪知風吹線斷難回（風吹：風箏）
日子隨風一日一日過
紡去的青春（紡去：失去）
到底是要找誰來賠

20.為著十秒鐘

天氣遐泥熱　日頭遐泥大
差十秒鐘公車竟然無等我
只有大氣嘆一聲　又攔會凍安怎
公車啊　為怎樣無等我
叫我要安怎

錯過了時間　只有坐後班
攔要一點鐘叫我要安怎等
決定行來火車站　無定著會有別班
心頭茫　管伊汗水澹
十秒鐘害人

行到火車站　四界攏是人
頭殼頂鳳凰花開甲遐泥紅
一陣風吹來清涼　我的心嘛跟咧涼
無車班　親像船無帆
要安怎起航

看到一班車　親像有到遐（有到那裡）
跳上車才知我卡片袂凍刷
擔今嘛是要安怎　只好來seven換
拜託啊　乎我瀾散換（瀾散：零錢）
祝你早升官

順利坐上車　代誌嘛辦煞　　　到厝才知影　我親像得沙（中暑）
又攔來公車站我要來坐車　　　頭殼麻西麻西又攔憝車車
天公伯有疼我　馬上來一班車　冷氣甲開乎大　冰水一嘴乎乾
哇哈哈　心情真快活　　　　　甭吵我　要來去睏乎飽
嘸免攔等車　　　　　　　　　今仔日我尚大

葉落花繁
生人落起
　彎落轉
　個是又
　　番一
　　風
　　景…

21.燈緣

上元燈節來踩街人是遏泥多
手夯鼓燈四界迺滿街的燈火（夯：拿）（鼓燈：燈籠）
妳的丰采甲美麗親像一幅畫
形影惦惦走入阮的心底

有緣無份咱倆人袂凍來做伙
心內怨嗟要如何甘講怪天地
滿腹的憂悶苦酸　情詩一首含淚去擱回

元宵暝月光圓　引阮想起妳
時間經過一年　妳是置叨位
滿街燈火鬧烈的情景猶原置（置：在）
找無妳阮孤單心傷悲

元宵暝月光圓　卡想也是妳
無奈運命創治　害阮珠淚滴
腦海中攏是妳的形影放袂離　要安怎袂記

鼓燈頂面妳的畫一回擱一回
思念的心情誰知相思誰來陪
只有靠月光轉達對妳的情話
無結局的感情是一種罪

今夜又來到昔日相逢的燈會
鼓燈滿街決心要將妳擱來找
望天會凍乎機會　妳我情緣繼續擱再會

元宵暝月光圓　引阮想起妳
時間經過一年　妳是置叨位
滿街燈火鬧烈的情景猶原置（置：在）
找無妳阮孤單心傷悲

元宵暝月光圓　卡想也是妳
無奈運命創治　害阮珠淚滴（創治：捉弄）
腦海中攏是妳的形影放袂離　要安怎袂記

新竹・赤生咇
2013/06/23

嬌艷為誰
哪怕是一次的回眸
相思為誰
守候只為偶然邂逅

雨花翩翩
儘管只是一秒瞬間
儘管最後
依在你腳後我也　無怨

再回眸
你可看見
那滿地相思　片片…

南投-中興新村
2013/06/09
Canon EOS 5D Mark III

今　夜　微　雨　心　頭　顛
一　杯　清　茶　回　韻　甘
因　緣　起　落　誰　人　卜
但　求　風　輕　雲　也　淡

22.等情花

月娘光光照窗邊
滿天的星閃閃爍
冷冷一杯的咖啡
伴阮孤單看天星

少女情懷總是詩
情花何時會凍開
等待君挽的花蕊
青春有時花有期

天清烏雲自然開
緣份若到君來追
阮的愛情置叨位
央望月老牽情絲

情海鎖匙若打開
紅線牽到君身邊
鴛鴦成雙倆相隨
幸福一生作伙追

新竹 — 尖石
2012/04/04

是非黑白自有安排
執著陷迷惘
神頹心也傷

心之所向人之所往
心寬憂遠颺
豁然心飛揚

23.阿嬤的棉被

一隻憨貓
置外口黑白走
走來走去雄雄撞著椅寮
大叫一聲哭夭
阿嬤氣甲噗噗跳
我的棉被攏倒了了

夭壽的貓
那會仙教攏袂曉
甲我的椅寮撞甲孔腳翹（孔腳翹：四腳朝天）
掃帚夯起來卯（夯：拿）
看你到底叨位走
好膽攔來　甭落跑

啊　甭攔走　甭攔走　甭走
看我阿嬤有多敖
雄雄閃著腰痛甲凍袂條
看著落山的日頭
土腳的棉被椅寮
阿嬤的目屎一直流

24.泡茶

一杯茶　等你來坐
若是有緣大家來作伙
人生短短
知己　會凍有幾個

一陣煙　粘咪就過（粘咪：一下子）
人生溫度有高也有低
冷冷茶杯
需要　熱情來奉陪

冷暖世間親像咧泡茶
是苦是甘甲己體會
朋友交陪心內話
茶米嘛要水來配

緣份有深也有短
隨緣才袂多夯枷
凡事甭計較遐多
青青菜菜卡好過

新竹 - 金城湖
2012/11/03

放下　放鬆
人生智慧像練功
前腳走　後腳空
看似容易常破功
心念功　放心中
機緣若到自成功

24.泡茶

炮仔隨車一路沿
媒婆嘴唸四句聯
吉時迎娶無拖延
祝福新人好姻緣

新娘拍謝頭犁犁
拜別父母蓋頭紗
放掉葵扇甲性地
水潑落地別人的

25.媽媽的心晟

霹靂啪啦的炮仔聲
新娘車要來迎娶
雙喜紅紙喜氣滿桌廳
喜糖喜餅歡喜來請

看著新娘車來起行
嘸甘的心情像落崎
紅紅幼幼用心將妳晟
為妳病子來受折磨（病子：害喜）
看妳出世學行平安大
所有苦心攏無算啥
只望妳未來的人生幸福快樂行

心肝寶貝阮的查某子
穿著水水新娘衫
從今以後捧人的飯碗
要乖巧受人牽教

心肝寶貝阮的查某子
期望妳會凍得人疼
潑水已經無時行
妳是媽媽永遠的寶貝子

26.愛你一生無後悔

男：
一條情歌唱乎妳聽
一首情詩為妳來寫
愛妳　是唯一的心聲

女：
手機傳來你的情話
甜蜜心情好親像花
歡喜　今生有你來陪

男：
一生甘願為妳來打拚
嘸管好額或是散赤
（好額：富有）（散赤：貧窮）

女：
阮將青春交乎你來疼
是風是雨阮攏嘸驚

合：
天頂的星遐泥多
今生只愛你一個
嘸管人講啥貨
愛你一生無後悔

男：
願用生命將妳疼
幸福是我乎妳的名
我會將妳惜命命

女：
人生的歌跟你彈
阮是唱片你是唱盤
神仙伴侶袂孤單

合：
天頂的星遐泥多
今生只愛你一個
嘸管人講啥貨
愛你一生無後悔

新店-陽光橋
2012/03/07

傳婉星轉　醉退月對
意意覽悠　話又星登
情蜜夜悠　情進隱最
縷語日綿　雲羞林色
一言旭纏　絮含紅一
馨須迎曲　風花方天
芳何朝一　輕浪一海

新北市-十分寮
2012/12/14

御風馳騁
飛越生命長河
翱翔藍天
奔向繽紛彩虹⋯

27.風吹

一隻風吹天頂飛　　　　　　　一隻風吹天頂飛
飛來飛去要飛去叨　　　　　　飛來飛去要飛去叨
手中的線　牽對勢　　　　　　手中的線　牽對勢
風吹就袂落地　　　　　　　　風吹就袂落地

愛情到底是啥貨　　　　　　　愛情到底是啥貨
有人期待有人癡迷　　　　　　有人期待有人癡迷
紅線若是　牽好勢　　　　　　紅線若是　牽好勢
未來才袂怨嗟　　　　　　　　未來才袂怨嗟

風吹呀風吹　放手乎你飛　　　風吹呀風吹　放你自由飛
我的愛情甲你跟　青春誰來陪　嘸免拍謝頭犁犁　青春驚啥貨
風吹飛呀飛　人生無反悔　　　風吹飛呀飛　飛去伊手底
勇敢向前甭倒退　幸福自由找　紅線將阮牽作伙　幸福是咱的

28.愛情親像一支刀

天　遐泥黑
乎阮　躊躇了腳步
雨　遐尼粗
害阮　嘸知要如何

愛情的路途
望你來照顧
哪知情海起風波
目屎澹目眶（澹：濕）
愛情親像一支刀
甲阮的心　割甲碎糊糊

情　已經無
怨嘆　緣份比紙薄
心　已墜落
勉強　只有心愈糟

愛情的路途
為你青春誤
癡心換來情變故
嘸願擱糊塗
既然袂凍同船渡
情絲斬斷　一切攏變無

新竹 — 清大
2013/05/25

情　海　浮　沉　女　人　夢
為　愛　傷　悲　日　屎　澹
青　春　有　期　有　幾　冬
一　生　幸　福　寄　誰　人

29.電影

人生像一場電影
有開始嘛會戲煞
無到最後無人知影
結局到底是安怎

攏無　導演教咱安怎扮
嘛無　劇本通好乎咱看
只有靠著咱自己用心來體會
啊⋯⋯
袂凍喊卡
怨嘆　擱會凍安怎

人情世事萬萬般
遇到自然會知影
好壞角色總有人扮
冷暖世間愛看破

虛華　就好親像風飛沙
目屎　乎伊自然隨風乾
知足心才會開闊　嘸免擱依賴
啊⋯⋯
隨緣放下
才袂　夯枷擱拖磨

時間親像風一般
目一逆就無看影
青春少年戲已經煞
未來只有天知影

劇情　猶原是千變萬化
無人　會凍按算後一攤
是悲傷或是繁華　攏愛靠打拚
啊……
黑雲若散
人生　自然會快活

台中－大雅
2013/03/24

枝頭鳥兒
語不停
笑嘆人間
太多情
風花雪月
終須醒
何必眷戀
那夢影
日昇月影
各自明
潮起潮落
終平靜
人生何須
太憧憬
恣意山林
淨心嶺

30.目屎親像雨塊落

你講我的美麗　勝過珍珠瑪瑙
你講你的心內　我可比是嫦娥
你講山崩地裂　對阮的愛嘛袂倒
你講你會永遠　乎我無煩無惱

山盟海誓親像一陣西北雨
落過了後　就什麼攏無
如今你到底　將阮放置叼
甘講連你嘛無清楚
一錯再錯　叫阮要如何
目屎親像雨塊落

你講這個世間　咱的感情尚好
你講你會將阮　當作唯一的寶
你講咱的愛情　一定會開花結果
你講你這世人　攏袂乎我呷苦

愛情這條路咱猶原跋一倒
花開了後　花謝就落土
如今你到底　將阮放置叼
甘講連你嘛無清楚
一錯再錯　叫阮要如何
目屎親像雨塊落

南投-中興新村
2013/06/09

一　朵　悠　蓮　水　中　間
悲　喜　默　然　靜　待　緣
萍　水　相　達　荷　田　田
佇　立　仰　頭　問　明　天

30.目屎親像雨塊落

31.妳是阮永遠的心肝

一滴目屎一滴汗
紅紅幼幼晟妳大
雖然猶原袂曉行
對妳的愛　從來嘸曾散（嘸曾：不曾）

管伊風雨有外大
行過了後心開闊
疼妳勝過阮性命
妳是阮永遠的心肝

緣份將咱黏相偎
阮是妳的天　妳是阮的命
感謝今生有妳來伴
乎阮的人生
寫出不同款的歌

管伊風雨有外大
行過了後心開闊
疼妳勝過阮性命
妳是阮永遠的心肝

雖然猶原會心痛
妳天真笑容　歡喜的笑聲
所有的苦又攏算啥
只望妳人生
會凍平安快樂行

苗栗－銅鑼
2012/11/11

妳
是天上派來的天使
妳
是茫途中的一盞明燈
是妳
牽引著我走向不同的人生
是妳
讓我平凡的生命
多了份精彩...

32.二十億

（楷體為國語）

看到電視　有人排隊
黑是啥米東西

彩券行裡　滿滿人氣
原來為著二十億

趕緊招人作陣來去　包牌問神乩
所有私咖攏總坳落去（私咖：私房錢）
打開電視目睭金金對阮的牌支
開始一支一支一支一支對　無對半支

看著電視大嘴開開強要昏去
到底這是誰報的牌支
這聲家伙攏總無去（家伙：家當）
這款代誌　叫我一個人
是欲哭啊哭啊哭哭哭哭哭哭哭哭哭　哭甲半暝

啊
財神叨去
你那會攏無來甲我保庇
啊
財神叨去
無彩我拜拜拜拜拜拜拜拜　誠心拜你
我相信總有一日
我會中二十億

無　憂　煩　天　藍　海　碧
逐　追　作　作　創　兒　雲
福　有　風　　幻　夢　有
是　幸　有　　畫　最　最
知　　作　　　美　美
足

起近的
起想似影
想地遠身
是斷似的
總不那妳

起依然
起想却妳？
想地去的嗎…
是斷逝晰夢許
總不那清是也

33.夢中的仙女

昨暝夢中
一個美麗的仙宮
您花般的笑容
親像溫暖的太陽

夢醒相狠（相狠：太快）
想要留戀天不從
遺憾留惦心中
想起您講要堅強

天頂的世界
有誰人會知
看您輕鬆自在
無定這是尚好的安排

美麗的雲彩
伴您遊四海
天星化解目屎
您的世界已經無苦海

思念的心情猶原在
您講人的心要像大海
只有開闊　幸福才會來

天頂的世界我嘸知
緣份來去有時真無奈
您講的話　我會記心內

高雄－左營
2012/10/21

情字這條路
好像一團霧
腦袋不清楚
就會走錯路
世間情愛苦
執著陷虛無
若有來生福
閒雲野鶴最舒服

34.情路

愛情是一種賭
不論輸贏　只有甜甲苦
有愛無結果
青春來耽誤
對你的愛無人會凍估

天哪會這泥黑
有燈無路　只有風甲雨
相思的酸楚
比藥攔卡苦
雨水笑阮只有剩寂寞

歸暝雨　看無路
紡見的月娘知影阮的苦
明知結局　愛著無法度
雨愈粗　心愈苦
情緣這條路哪會親像虎
將阮的心　傷甲這離譜

歸暝雨　看無路
阮的目睭嘛跟雨澹糊糊
破碎的心　是要安怎補
雨愈粗　心愈苦
咱的愛情親像花謝落土
袂攔再開　只有來祝福

35.春天的歌

春雷一聲送美麗
一頂草笠田中迺
手牽水牛來拖犁
秧仔青青播田底

清風微微恬恬吹
蝴蝶偕蜂去找花
水雞歡喜跳芭蕾
四界田捏盈盈飛（田捏＝蜻蜓）

阿嬤度咕頭犁犁
樹腳作伙來泡茶
囝仔門前放風吹
阿母無閒種菜瓜

阿公尚愛草仔粿
廟前唱歌吹鼓吹
清明要呷潤餅皮
小雨綿綿蔭百花

新竹-三民公園
2013/03/23

CANON EOS 5D MARK III

美一春曼心醺天鋪
妍襲風妙倘醉朗撒
妝紅漾朵伴春朗一
踏裳迎嬌朵意色地
雲下凡嬌吐芬神路兩情綿
浪鄉娘芳往旁長床

石門-佛陀世界
2015/12/13

天寬地闊　塵世間
世界大千　寓深遠
屈伸收放　心一念
昂首闊步　海連天

人生短暫
有幾年
心寬念純
惜因緣
唯心自在
靜觀變
了悟禪學
得甘甜

36.媳婦

踏入恁兜的大門
凡事攏要犯妳問
妳若是講一　阮就嘸敢講二
做人媳婦要認本份

親像固定的劇本
一代一代延續輪
有時陣歡喜　有時若是袂順
目屎就要含咧吞

查某人之間的爭論
自古以來議論紛紛
明明同一隻船　為何袂凍容允
厝內不時罩烏雲

無奈劇情何時休睏
為掌乾坤來留傷痕
互相尊重吞忍　惜花就要連盆
一家人才會久長

37.無你的日子

一雙筷
想起著你
往事一件一件來攪起
無你的碗筷
飯菜哪會有滋味
目屎桌頂滴

一首詩
有我有你
親像鴛鴦成雙來相隨
無你的日子
花蕊要安怎會水
風雨隨在伊

春來秋冬又攔去
猶原袂凍放袂記
消瘦的日誌
撕袂掉心傷空虛

窗外月光照稀微
阮將相思寄星去
孤單的暗暝
期待　夢中有你

南庄－韻蘭梅園
2012/01/26

塵等痕枕
煙枯淚孤
了寂了伴
散寂糊夜
吹讓模長
風誰水漫
冷是雨漫

083
37.無你的日子

桃園－石門水庫
2012/01/07

生命的軌道
即便無法更改
期許
每一天都能帶著嶄新的心情
從零開始⋯

38.重新出發

冷風陣陣寒　引阮心頭驚
世事的變化　常常乎人抓袂定

一人一款命　打拚為著啥
感情行到這　為何猶原是孤單

啊…
今夜的我　決定重新來起行
人生的鹹淡　無試要哪會知影
情愛拖磨　暫時甮看感情線
認真向前行　甲未來拚輸贏

毒躋苦物　苦如苦霧
亦躊杯中　般自與雲
香愈貪杯　萬心悲化
酒飲知戀　生有下清
美愈既何　人唯放心

39.醉

酒醉的滋味是啥米
為什麼不如意的時陣會想要醉
酒的滋味攔是啥米
是安怎大家攏想要乾杯喝落去

鬱卒的時陣　我嘛想要醉
想要試看酒的滋味是啥米

艱苦的時陣　我嘛想要醉
嘸知是不是醉了後真正會
將煩惱放離　將痛苦放袂記

人生總有不如意
借酒解愁
甘會憂愁攔卡淀（淀：滿）
醉醒了後
嘸是同款要面對

人講風雨攔卡大
過去了後天就自然清
嘸管暗暝有外長
時間過去總是會天光
我實在無勇氣
將酒一杯一杯喝落去
我實在無願意
用酒來麻痺糟蹋甲己
只有等待天光　等風雨過去
勇敢活出新的人生
才是尚重要的代誌

40.麻吉

三更半暝電話雄雄響起
原來是我的麻吉
哭哭啼啼為著啥米代誌
伊講伊遇到歹厝邊

捧著咖啡聽伊講歸暝
麻吉的心情漸漸開
透早上班一直哈喜（哈喜：打哈欠）
頭家交代的攏袂記

中午休睏手機傳來訊息
又擱是我的麻吉
伊講伊的歐多麥著路邊（著：拋錨）
叫我帶汽油去救伊

雖然已經累甲強要死
嘛是無法度的代誌
放下便當開車緊來去
誰叫伊是我的麻吉

下班返來竟然找無鎖匙
有門煞袂凍進去
想來想去鎖匙放置叼位
明明是放置包包裡

雄雄一聲大門來打開
竟然是我的麻吉
原來今日是我的生日
創治為著乎我驚喜（創治：捉弄）

台中－新社
2012/11/17
Canon EOS 7D

人生情歲歲
生命義義歲
難摯相年
逢友挺年
是深支永
知情風不
已誼雨渝

41.青春的歌

（楷體為國語）

一字一句慢慢寫
寫著青春少年的歌
一疊相片斟酌看
內底叨一個是我

少男少女情隔山
有情無意情歌難寫
打開心門才知影
原來伊是我的他（我的他：國語）

青春少年啥米攏嘸驚
有時目屎有時笑聲
鹹酸苦澀攏是鹹淡
行過才知輸贏

愛情那丟需要條件
真心對待嘸免詛咒
緣份若到自然牽相偎
未來風雨作陣行

宜蘭 - 明池
2013/12/01

蒼　鬱　林　間　暖　陽　輕　瀟
白　雲　藍　天　悠　然　無　瑕
煮　一　壺　怡　情　養　生　茶
對　飲　山　嵐　吟　詩　話　暇

41.青春的歌

風情海岸
2011/09/03

輕舟渡紅塵
疊翠山巒一層層
風過誰能等
轉瞬歲月不留痕⋯

42.蕃薯簽

風微微啊涼　　　　　　　　蕃薯簽　有阿母的央望
門口埕的蕃薯簽　　　　　　蕃薯簽　一冬攔一冬
一陣一陣送來清香　　　　　一簽一簽　晟阮大漢
　　　　　　　　　　　　　一簽一簽　有無奈嘛有嘸甘

日頭遐泥炎
阿母無閒汗水澹（澹：濕）　蕃薯簽　有阮細漢的夢
從透早武甲也暗（也暗：晚上）蕃薯簽　有阿母的香
　　　　　　　　　　　　　一簽一簽　攏是思念
中午鐘若響　　　　　　　　一簽一簽　只剩遺憾
便當內的飯菜香
阿母透早顧著灶坑
嘸管有多累
嘸管多冷的寒冬
懷念便當蕃薯香

43.失戀的滋味

音樂聲奏起
燒酒一杯又擱淀（淀：滿）
傷悲的過去
只有酒精來麻痺

目屎乾擱滴
霓虹燈閃閃熾熾
看袂清的你
今夜又擱置叼位

想要甲你放袂記
袂記你身邊已經有伊
怎樣情絲斬袂離
猶原憨憨等著你

孤單一人的澎椅
相思摻酒味
苦苦一杯飲落去
甘講
這就是失戀的滋味

台中 - 高美
2013/06/08

心袂清　月袂圓
萬里相思淚不停
酒千杯　怎精神
夢醒成空　只剩凝⋯

43.失戀的滋味

場傷數祥
夢把皆心
一神有徜
過量物然
不計萬安
生苦間適
人何世自

44.我心內有一句話

我心內有一句話
想要甲頭家　講詳細
公司賺遐泥多
紅利油洗洗　要分乎阮大家

頭家啊
頭犁犁
公司無賺外多

我心內有一句話
想要甲頭家　講詳細
過年剩一個月
要養厝內大小　頭路又擱歹找

頭家啊
就多嘛爹（等一下）
我再擱想詳細

我心內有一句話
想要甲頭家　講詳細
人生不過短短
腹腸大福氣多　天公會記作伙

頭家啊
大氣一下（嘆氣）
獎金攏乎恁大家

45.雨聲

是誰在窗外叫著阮的名
擾亂阮平靜的心晟
一場煞戲的電影
結局　早就已經定

是誰偷走阮青春的心肝
害阮的心每日痛疼
目屎定定滄擱乾（滄：濕）
幸福　要找誰來疼

一條情歌孤單甲已彈
有緣無份是咱的命
怨嘆無卡咒
一切　攏是天註定

是誰在窗外叫著阮的名
擾亂阮平靜的心晟
一場煞戲的電影
結局　早就已經定

是誰偷走阮青春的心肝
害阮的心每日痛疼
目屎定定澹攔乾
幸福　要找誰來疼

天星月娘覓甲無凍看（覓甲：躲得）
冷風吹哭了樹影
打開窗門看
原來是　雨聲

新竹‧中華大學
2014/04/06

雨滴紅悠
夜答塵然
釀心煙何
愁難雨處
情寧濛尋

一有滴迷醺
場美釀濛醉
雨麗成了了
有酒夜我
哀…
愁

石門－佛陀世界
2015/12/13
Canon EOS 5D Mark III

問世間情為何物
嘆緣份飄渺虛無
茫茫情緣路
情癡只為 朝朝暮暮

46.癡情憨

啥米是情　啥米是愛
置這個花花的世界
癡心怎會變作憨大呆
是命運的安排
或是阮根本不應該愛

春夏秋冬　海角天涯
你講你一定會返來
怎樣誓言攏總沉大海
是環境來阻礙
或是你對阮根本無愛

海水去攬來
猶原憨憨塊等待
無奈的目屎
甘講只有天才知
啊…
等袂到的愛
千不該啊萬不該
痴情憨的愛
一生被你來所害

47.等妳

雄雄一杯飲落去
茫茫深更嘸知時
想起彼日　下雨暝
妳來甲我相辭
妳講妳甲我的情份早就已經盡
妳講妳　身邊已經有一個伊
害我心碎目屎滴
啊……
小雨綿綿
妳無情來離開

日頭恬恬又攔起
猶原醉甲袂清醒
想起昔日　甜蜜時
怎樣來放袂記
看著歸疊的相片每一張攏是妳
無彩我　真心真意來對待妳
猶原嘸甘來放棄
啊……
期待一日
妳會回心轉意

桃園-石門水庫
2012/01/01

一　夜　宿　醉
夢　醒　方　知　心　已　碎
相　思　是　罪
醉　落　苦　海　獨　憔　悴…

47.等妳

48.乎伊

一蕊花　送乎伊
嘸知伊甘會甲意
免名牌　免香水
每工水甲花一蕊
天頂仙女算啥米

一條歌　唱乎伊
希望我的伊歡喜
我的情　我的意
啥人會凍甲我比
Honey honey只愛妳

一粒星　掛天邊
阮想要來挽乎伊
無鑽石　無手指
一粒真心可比天
一生幸福攏乎伊

新竹－清大梅園
2012/01/21

皚皚枝上雪
馨香隨風璀
一蕳柔妍芳心給
醉落情海終無悔⋯

49.新年到

（楷體為國語）

天氣寒甲冷吱吱
日頭走去叨位覓（覓：躲）
冷風歡喜笑咪咪
春花含蕊等要開

日頭日頭　叨位覓呀
春花春花　等要開

燕仔寒甲打噴嚏（打噴嚏：國語）
講要出國過冬天
厝角鳥仔來問起
原來要去Hawaii（Hawaii：夏威夷）

燕仔燕仔　出國去呀
要去要去　Hawaii

大樹寒甲剩樹枝
樹葉落甲滿路邊
暗淡路燈來陪伊
溫暖燈光伴空虛

大樹大樹　剩樹枝呀
溫暖路燈　來伴暝

草仔寒甲面青青
一陣冷風攔吹起
犁犁的頭擔袂起
唉聲嘆氣等春天

草仔草仔　面青青呀
唉聲嘆氣　等春天

日頭花啊找無日
拜託烏雲閃一邊
期待過年會好天
日頭會凍笑面開

烏雲烏雲　閃一邊呀
日頭日頭　笑面開

冷風酸雨緊返去
阮要歡喜過新年
日頭嘸免攔再覓
展出笑容過好年

日頭日頭　免攔覓呀
展出笑容　過好年

炮仔聲啊響連天　　　　　　闔家團圓　圍爐邊呀
管伊好天或歹天　　　　　　歡歡喜喜　迎新年
闔家團圓圍爐邊
歡歡喜喜迎新年

新竹－尖石
2012/04/04

藍藍的天　變了臉
陽光嚇得藏笑顏
雲兒淚漣漣　花兒也垂臉
只有冷風最歡顏

冷冷的天　睡覺天
枝頭鳥兒躲不見
周公笑開顏　開心辦盛宴
溫暖被窩夢最甜

台中-福壽山
2011/12/03

拾起一片紅葉當信箋
遙寄濃濃思念
陽光開啟了藍天
點亮深情繾綣
願溫柔秋風情韋
傳頌
這美麗浪漫詩篇...

50.問

歸暝攏無眠　滿腹的憂悶
腦海每一寸攏是妳的溫純

真心無人問　將阮擋大門
愛妳的心為何袂凍來允准

雙手合齊問　妳我的緣份
甘講今生註定咱有緣無份
感情這條魂　為何攏黑雲
　　甘講這就是我的命運

　　無論　時間要外長
　　無論　命運安怎輪
　對妳的愛永遠袂休眠

　　無論　時間要外長
　　無論　命運安怎輪
　願用一生打開妳心門

51.歸期

（男）：
天頂烏雲遐尼厚
目一逆大雨就到
世事變化難預料
無奈辜負心愛的等候

（女）：
你講要牽手到老
怎樣一去無回頭
放阮孤單目屎流
日誌一張一張到最後

（男）：
離開故鄉為著伊
若無成功怎返去
相思暫時放一邊
繼續打拚等時機

（女）：
一人恬恬到海邊
看著海湧來攔去
天頂一架飛凌機
嘸知甘有阮的伊

（合）：
中秋月娘又攔圓
秋風微微的暗暝
看著月光思念伊
期待早日有歸期（男）
何時是伊的歸期（女）

南投－清境
2012/10/13

一抹輕愁上月樓
冉冉相思湧心頭
醉飲一杯女兒紅
問月何處能知否

望穿月影尋伊影
月下獨守訴衷情
不見伊人影消瘦
相思何寄待月明

新竹－麗池公園
2012/03/04

門紛曲春

春繽春青

扣撒迎舞

妝林唱雨

粉山歡綴

襲醒鳥風

一喚翠微

52.春天

窗外的霓虹閃爍　溫柔雨滴　引阮想起伊
捧著一杯咖啡　享受浪漫的暝
想起著少年時初戀的時
啊…啊…愛情的甜蜜

黃昏的彩霞滿天　像一首詩　乎人心沉醉
來到昔日港邊　海鳥飛來飛去
想起著少年時青春日記
啊…啊…美麗的歌詩

滿山的粉櫻花開　迷人景致　乎人心花開
寒冬已經過去　歡喜迎接春天
管太伊無情的歲月籤詩
啊…啊…快樂的春天

53.悲情戀歌

站置禮堂外
心肝親像刀塊割
歡喜笑容的隔壁
為何牽手的不是我

最後的火車
目屎恬恬跟車行
一片真心被你踏
受傷的心誰人知影

啊…
悲情的戀歌
是阮的心晟
一頁一頁
用目屎來寫

啊…
悲情的戀歌
愈唱心愈痛
今夜的風
那會這泥寒

台中-福壽山
2011/12/03

葉落飄飄秋意似醉
一抹輕愁難卻
舉杯與月兒情訴成對
且讓相思宿醉

夢醒昨日已付流水
心口卻依然有淚
月兒可知我心碎
可知我憔悴為誰

54.花香

月娘照著紗窗
窗外一陣一陣的花香
想起昔日彼一人
心肝猶原有嘸甘

經過遐泥多冬
情緣恐驚已經變成空
悲情的青春戀夢
攏怪命運來作弄

小雨綿綿彼一工
公園邊的樓窗
同款的花香　妳的頭鬃
甘講這是眠夢

思思念念彼個人
如今變作別人
相思的花香　痴心情夢
到底要安怎放

歲月淘洗塵煙往事
今生前世
撩撥如弦縈迴停佇
千回萬次
相思難斷情緣難了
回眸只為　一生一世

55.天星

今夜的天星　閃閃燍燍
遐尼啊水
舉頭看著星　想起昔日
思念伊

半圓的月娘　伴著天星
掛置天邊
暗淡的月光　孤單的暝
找無伊

天星啊天星　你甘會知影
思念的滋味　是啥米

月娘啊月娘　你甘有看見
我心內的星　置叨位

南投－埔里
2013/06/0?

月娘漸漸圓　窗外風微微
思念無停時　目屎含目墘
中秋月光暝　柚香伴秋微
望月會看見　我心內彼粒星

苗栗－獅潭
2016/03/05

新迎大囝　春暖歲花
春新人仔　意陽月閑
圍納忙歡　漫綻更並
家福碌喜　寫燦送蒂
慶貼不笑　煙迎年喜
團紅得開　花新增富
圓聯開顏　璀歲福貴

56.新年快樂

（楷體為國語）

劈哩啪啦炮仔聲
恭喜發財賀新正
阿母無閒款灶廳
尚介歡喜囡仔兄

高速公路攏是車
回鄉人潮若螞蟻
一家大小返來這
圍爐團圓滿笑聲

正月初一穿新衫
相偕迺街看電影
四界攏是恭喜聲
拜年行春尚時行

正月初二回娘家
等路伴手會記帶（等路：禮物）
丈母辦桌子婿請
阿爸最疼查某子

初三閒閒睏飽飽
滿桌攏是糖仔餅
難得輕鬆放年假
誰嘛袂凍將阮吵

初四迎接財神爺
祈求財庫歸年贏
樂透乎我中頭名
豪宅蓋甲歸山坪

初五開工吉時定
頭家紅包員工請
各就各位來打拚
新年快樂好心晟

57.夢

蔚藍晴空　有我曾經的夢
如今朦朧　到底是誰在捉弄
站在雨中　何時能見彩虹
夢碎只剩淚眼濛濛

浪潮洶湧　淹沒不了悸動
熱情難融　夢依然在心顫動
荊棘重重　心痛有誰能懂
從容才能綻放笑容

歲月難留總匆匆
遙遠的夢難圓融
堅持才能擺脫林叢
勇氣方能掙脫囚籠
舞動心中夢想之龍
飛向無垠藍空奔向彩虹

風呀　風呀
你要往哪兒吹
乘著風　我想要飛
經過小溪　穿過原野
何處是最後停歇

雲呀　雲呀
你要往那兒飛
有你陪　我不疲憊
悠然自在　環遊世界
遨遊天際把夢追

台北－象山步道

翩聞酒恬　面倦圓娟
意詩醇亦　掩不下嬋
詩賦花夢　半孜天話
潤語桂酌　舞藥人節
溫花壺獨　曼擣耀佳
雨愁一影　紗兔鏡迎
霏心釀對　輕玉明喜

58.一個週末的夜

一個週末的夜
月色迷人沉醉
頑皮星兒眨呀眨著眼
彷彿她還不想睡

一個週末的夜
走在熱鬧的街
街上霓虹眨呀眨著眼
彷彿說今夜好美

雖然今夜我
孤單沒有人陪
心不再徘徊
也不感到疲憊

和星月乾杯
一杯濃濃咖啡
讓煩憂宿醉
全都遠走高飛

一個週末的夜
月色迷人沉醉
頑皮星兒眨呀眨著眼
彷彿她還不想睡

一個週末的夜
走在熱鬧的街
街上霓虹眨呀眨著眼
彷彿說今夜好美

敞開我心扉
像這月色皎潔
和過去告別
未來勇敢的追

街燈明又滅
晨曦接著暗夜
照亮這世界
陽光燦爛明媚

新竹 – 金城湖
2012/11/03

多　長　的　距　離
能　到　彼　岸　的　你
海　的　遼　闊　　風　的　氣　息
也　許
隨　雲　飛　過　天　際
才　能　換　得　你　我　的
惺　惺　相　惜

59.彼岸

雲模糊了天際
想念的心在嘆息
是否你　也依然有惦記
相依是那麼遙不可及
任雨水在臉上盤據
沉默是　無情結局的抗議

海深藏憂鬱
心死了有誰代替
是否你　已經忘了回憶
任思念種滿遍地荊棘
找不到人可以疼惜
淚潰堤　心已漂流千萬里

嗚…
翱翔天際的你
嗚…
不要忘記
嗚…
心愛的小雛菊
嗚…
別再哭泣

如何能拋棄
抓不住風的氣息
手心裡　是誰的唯一
任思念種滿遍地荊棘
到不了那天般的距離
有誰能　撫慰心碎一地

60.給自己一個嗨

一陣陣清風吹來
煩惱憂愁說掰掰
給自己一個嗨
就算天塌　世界變成了黑白
我也會假裝不理睬

讓心情寬闊像大海　自由自在
世界自然會變精彩
放空腦袋　塵埃隨風　埋
所有麻煩交給上帝安排

山珍海味雖然人人都愛
偶而清粥小菜也不賴
兩人世界讓人期待
一個人也不奇怪

不要被情緒打敗
不需要氣急敗壞
今天　老闆不在
像一個小孩　偶而裝裝可愛　耍帥
讓心情也跩一跩

將所有的不愉快
都拋到九霄雲外
只要　心門打開
別自怨自艾　別莫名感慨
快樂要靠自己找回來
掌握生命色彩　點亮　灰暗心海
人生的路要自己開

不要被情緒打敗
不需要氣急敗壞
今天　老闆不在
像一個小孩　偶而裝裝可愛　耍帥
讓心情也跩一跩

將所有的不愉快
都拋到九霄雲外
只要　心門打開
別自怨自艾　別莫名感慨
快樂要靠自己找回來
掌握生命色彩　點亮　灰暗心海
人生的路要自己開
掌握生命色彩　點亮　灰暗心海
重拾人生美麗丰采

一個人　捨拘謹
身隨心舞　悠如雲
兩個人　很憧憬
若無緣份　難娉婷

一簞食　一瓢飲
人生自在　是風景
歡喜心　感恩情
繁華夢裡　桃花尋

61.母親

蒼蒼白髮　是最溫柔的雲朵
絲絲細紋　是歲月彩繪的結果
滄桑雙手　那是堅毅的楷模
溫柔慈顏　是最美的畫作

像寒風中的花朵
妳不畏艱難挺過
所有的悲苦　隨風而過
堅忍　是最大的成就

時光匆匆　帶走妳所有苦痛
妳的精神　卻依然陪伴我左右
塵封往事　未曾在記憶遺落
溫慈容顏　永在心中長留

不管風雨多滂沱
妳從不屈撓低頭
守護著我們　永不退縮
有妳　世界才能有我

新竹 — 新埔
2012/10/06

Canon EOS 7D

記憶裡的馨香
不曾遺忘
至愛無可取代
永藏心海…

62.咖啡

一杯黑咖啡
伴著漫漫長夜
妳我像那漸退的輕煙
情感不再濃烈

冷冷的咖啡
對著孤單的月
任由紊亂的思緒蔓延
像那繁星點點

以為真心能將妳融化
以為愛情會結果開花
原來只是痴人夢話
冷卻的咖啡
只剩苦味
失去溫度的感情
讓人疲憊

深情寄煙波
孤單我獨酌
長夜漫漫星月留
朝露晨曦喚自我…

63.窗外的雨

是誰在哭泣
淚水滑進我夢裡
輕輕喚著你的呼吸
轉身卻不見蹤跡

別低頭不語
我知道一定是你
千迴百轉尋不到你
風帶來你的訊息

窗外的雨
朦朧誰的癡迷　蜷縮誰的羽翼　模糊了朝夕
窗外的雨
渲染的肥皂劇　終究是一場戲　總會有結局

窗外的雨
抹去藍色憂鬱　那清澈的小溪　清晰了夢囈
窗外的雨
退去繁華彩衣　那曾經的記憶　蔚藍的天際

南投 - 金龍山
2014/06/21

我是一片雲　漂泊是我名
浪跡天涯　隨風行
悠然把夢尋

我是一片雲　千山任我行
看似繁華　心飄零
轉瞬成幻影

63.窗外的雨

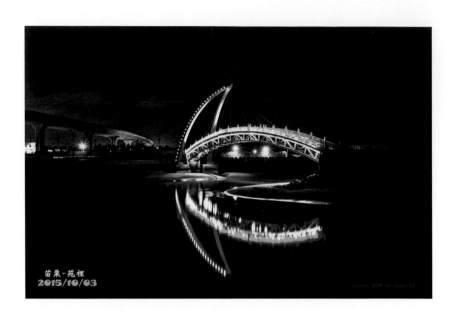

千年情夢難圓融
七夕鵲鳥築橋虹
淚　濛濛
相思成雨泣梧桐
別　重逢
情濃怎奈天不從

64.茉莉

夏日的風裡
沁著淡淡香氣
一抹熟悉的氣息　縈繞不已
微曦晨光映著潔白綠意
思緒隨著白雲飄向一望無際
相思幾許　甦醒恣意

一樣的夏季
妳我翩然相遇
靦腆羞怯的笑語　從沒忘記
妳的飄逸沙灘上的印記
已隨著風輕輕向那遠方飄去
沒有言語　不留痕跡
只能在夢裡尋妳

如果再相遇
是否依然在夏季
茉莉綻放如往昔
妳我不會再分離
不會留下妳獨自哭泣

如果再相遇
是否依然在夏季
只想擁妳在懷裡
願如星月倆相依
就像那花香茉莉
從不曾遠離

輕風閒雲
山青水樣
剪一段花香
唱一曲悠揚
燃點一根仙女棒
將幸福撒向遠方
願妳
青春美麗神采飛揚
生日快樂…

65.祝你生日快樂

祝你生日快樂
讓我為你慶賀高歌
輕鬆一曲願你每天笑呵呵
幸福圍繞全在這一刻

祝你生日快樂
人生不過如此爾爾
忘掉煩憂讓自己過得快樂
就算失去也必有所得

在這屬於你的特別時刻
所有的一切因你變得獨特
老闆上司又算什麼
我們盡情把酒高歌

祝你生日快樂
讓我為你慶賀高歌
輕鬆一曲願你每天笑呵呵
幸福圍繞全在這一刻

66.夢醒

裊裊輕煙緩緩起
為何看不清自己
茫茫霧裡尋來覓去
依然無法清晰
那個曾經的熟悉

淚水化不開迷離
傷痕還留在眼底
靈魂彷如已經死去
恍惚無法逃離
一切只能怨自己

明知不該再繼續
無法自拔騙自己
醉身夢語能喚幾許
癡迷徒增嘆息
何時雲霧能散去

鏡中模糊的自己
傷痛收拾在夢裡
拾起畫筆輕描淡意
勾勒一點一滴
昔日丰采的自己

明鏡水庫
2011/09/04

繁星點亮靜謐的夜
掬一把月光
照亮沉澱心海
靜聽風的呢喃
悠然…

歲月淘盡往事心愁
一抹相思淚
深情能有幾回
對飲月色獨醉
隨風…

141
66.夢醒

67.忙

路上車水馬龍行人匆匆
臉上彷彿寫著『衝』
滿街便利商店夯到火紅
門上不斷喊『叮咚』

不管上班上課滿是倦容
眼睛彷如是貓熊
臉書分享打卡暴露行蹤
網路綁架成了蛹

熊熊熊　蛹蛹蛹
人人想成鳳成龍

熊熊熊　蛹蛹蛹
人生有時很籠統

熊熊熊　蛹蛹蛹
想放鬆卻又迷濛

熊熊熊　蛹蛹蛹
忙來忙去變成蟲

新竹 - 金城湖
2012/11/03

徐　行　漫　步　悠　然　活
輕　風　絮　雲　解　輕　愁
誰　說　回　歸　是　奢　求
且　看　惬　意　一　蝸　牛

68.最好的結局

你總是道歉
總說對不起
我感受不到你的真心誠意
不想理你

你總是忘記
曾經的言語
是愛是傷都是藉口的游移
只能無語

同一片天空
我們有著不同的思緒
你是東　我是西
我在東　你往西
這樣的平行線
該如何交集

累了
算了
也許守在自己的天空
才是最好的結局

苗栗-大湖
2012/03/31

情 深　緣 淺
囚 了 心　愛 難 全
風 吹 雲 兩 半
展 翅 各 自 圓
既 無 緣
何 苦 憔 悴 淚 自 憐 …

68.最好的結局

69.最

最　愛那藍藍的天
最　愛那輕風戲雲間
願　愁與憂都不見　隨風　化成了雲煙

最　愛那彩霞滿天
最　愛那浪花捲捲
願　今夜夢甜甜　月兒圓　快樂無邊

風　吹散記憶的臉　拾起　美麗浪漫片片
霧　戲夢在人間　一轉眼　就消失不見
雲　請帶走我思念
雨　寫下情詩篇篇

最　愛楓紅花落翩
最　愛雨霏賦詩閒
願　音符流轉瞬間　心兒甜　幸福天天

風　吹散記憶的臉　拾起　美麗浪漫片片
霧　戲夢在人間　一轉眼　就消失不見
雲　請帶走我思念
雨　寫下情詩篇篇

最　愛楓紅花落翩
最　愛雨霏賦詩閒
願　音符流轉瞬間　心兒甜　幸福天天
心兒甜　幸福天天

南投 — 日月潭
2013/06/09
Canon EOS 5D Mark III

徐娛
風自　憂
涼影涼　煩…
色鏡清明囂際垠
山攬壺澄塵天無
光樹一心讓向向
湖綠掬靜且拋飛

離是傷　近似愁
往事匆匆難回頭
情已却　夢難留
唯有一抹憂傷在心頭

70.愛不該只是說說

站在雨裡
你說　想回到過去
我望著雨
只能說　談何容易

說『愛』很easy
一旦緣份離去
只能　選擇忘記

當初　是你先放棄
而今　我不想繼續
也許　我們都太愛自己
也許　愛已經無意義
愛　不該只是說說而已

71.歲末

過了這一夜
2015走入歷史扉頁
冷流星光月夜
絢爛煙火熱情永不滅
沸騰倒數聲OH YA
曙光換新一頁
逝去的歲月
何必再追悔

最後這一夜
思緒盤在腦海中沉醉
所有的不順遂
願都已隨風遠離高飛
生命風華能幾回
想追就盡情追
就算是累
也永不後悔

旭日東昇喜迎光輝
感動在心扉
天光燦璀
彷若人生新註解

滴答聲中可曾疲憊
感嘆徒增悔
一生相隨
能笑就絕不傷悲

生命風華能幾回
想追就盡情追
就算是累
也永不後悔

時間
不會因美好多駐足一秒
也不會因苦痛延遲一分

彈指歲月
除了珍惜
是否
也該留下些什麼...

72.雨點

天空正細雨綿綿
現在是下午三點
站在昔日相遇的地點
期待你的出現

雨點淋濕我的臉
時針不斷的向前
等待就像無盡的雨點
彷彿沒有終點

想起初識時你的笑顏
像孩子般靦腆
深深觸動我的心田
往事轉眼似雲煙
是緣份太淺
還是我們經不起考驗
情緣難繾綣
就像是　難收的雨點

宜蘭－壯圍
2012/12/15

浪帶淚流沒終回
花走水向有究不
一所情未交到
捲有綿知集
捲情綿遙遠的
緣遠流連

153
72.雨點

73.牽手

（女版）：
當年一句我願意　你我牽手到這裡
山盟海誓隨風而去
洗淨鉛華為了你　洗手做羹湯為你
我的世界彷彿只有你

柴米油鹽的日子裡　歲月不由你
變成黃臉婆誰願意　還不是因你
瘋狂瞎拼是不得已　人生要happy
就算千萬個不願意　不能生氣

別再叫我老呀老太婆兒
歲月荏苒誰躲得過
歐蕾都已經整打整箱的塗過
這怎會是我的錯　錯錯錯錯錯

別再叫我老呀老太婆兒
曾經我也是校花一朵
看看自己臉上皺紋有多多
你也不再是少年哥

昔日每天我愛妳　現在不睬又不理
老夫老妻不再甜蜜
每天公園去下棋　把我獨自留家裡
到底這算什麼東西

偶像劇裡愛來愛去你說太無趣
上山下海尋幽訪古你沒有體力
鮮花情話嫌肉麻兮兮了無情趣
坐看雲起星光熠熠　只剩回憶

別再叫我老呀老太婆兒
歲月荏苒誰躲得過
歐蕾都已經整打整箱的塗過
這怎會是我的錯　錯錯錯錯錯

別再叫我老呀老太婆兒
曾經我也是校花一朵
看看自己臉上皺紋有多多
你也不再是少年哥

（男版）：
當年為了追求妳　不惜花光我積蓄
就算星星也摘給妳
妳說東我不往西　就算火星我也去
只要妳笑我啥都願意

155
73.牽手

王子公主的日記裡　　有風也有雨
童話故事美麗結局　　只有在夢裡
浪漫兩字說來容易　　詩情又畫意
細水長流真情永浴　　愛的真諦

別再叫我糟呀糟老頭兒
圓圓肚皮也是妳傑作
誰叫妳做菜油總放得那麼多
把我養得像豬頭　　頭頭頭頭頭

別再叫我糟呀糟老頭兒
我只不過頭髮少很多
看著髮絲它一根一根的掉落
我也會落寞跟難過

以前幽默又帥氣　　現在嫌東又嫌西
說我呆頭又沒情趣
只要一點不滿意　　妳就呼天又搶地
怪我一點都不愛妳

親愛的妳別再生氣　　什麼都依妳
就算菜還是油膩膩　　也全吃下去
沒有星光的黑夜裡　　有我伴著妳
風花雪月不切實際　　永遠愛妳

別再叫我糟呀糟老頭兒
圓圓肚皮也是妳傑作
誰叫妳做菜油總放得那麼多
把我養得像豬頭　頭頭頭頭頭

別再叫我糟呀糟老頭兒
我只不過頭髮少很多
看著髮絲它一根一根的掉落
我也會落寞跟難過

咒大
詛多
免有
對待風雨的路途
無條件
情心管生的作伙行…
愛真嘸人咱

74.風

喜歡你輕柔的低語
伴蝶兒翩然舞在一起
所有煩憂彷彿都能忘記
享受恣意的愜意

喜歡天空湛藍如洗
徜徉在你溫柔懷抱裡
風箏飛舞著創意的彩衣
妝點夏日的美麗

寡歡鬱鬱盡是愁緒
是誰讓你如此的悲戚
楓紅難道也是因為哭泣
葉落飄飄淚滿地

狂妄呼嘯是何邏輯
溫柔不再你如此失序
只因寒梅撲鼻都是為你
冷漠難道不得已

新竹-高峰植物園
2015/11/07
Canon EOS 5D Mark III

晨　光　甦　醒　了　夜　的　囈語
頑　皮　的　露　珠　兒
忘　情　的　溜　著　滑　梯
風　嬉　嬉　笑　著
吹　走　露　珠　的　愜　意
枝　上　一　抹　綠　意
映　照　著　美　麗　晨　曦 . . .

新竹－北埔
2013/01/13

Canon EOS 7D

誌去　啼　過去　逆見
代過　亂雄　一看
無雲　雄目　誰
閒天　鳥散沙
閒看微　機雲流
飽頭微凌飛月
呷舉風飛鳥歲

75.那些年為聯考打拚的日子

鐘聲噹噹敲醒了周公的宴
講台前老師模糊的臉
腦袋灰灰一片

一張張畫著紅圈的考卷
像雪片飛到我的面前
無情的教鞭
在手心留下年少的夢魘

蟬聲唧唧在樹上開著夏宴
風追雲兒彷彿在熱戀
天空藍藍一片

一隻隻悠然飛翔的野雁
伴著夕陽消失在天邊
美麗的畫面
我想跟著雁飛到山裡面

76.單身貴族

一個人躺在沙發　很舒服
一個人的晚餐　很自主
咖啡杯只有一組
在音樂聲中放逐
我　是單身貴族

一個人逛街旅行　很幸福
一個人看電影　不躊躇
行李沒有心佇足
像風箏自由飛舞
我　是單身貴族

人生不過是一場虛無
風花雪月太辛苦
牽腸掛肚失戀的苦楚
愛情是一種毒

雖然偶而也感覺孤獨
我的心自己作主
不願再為愛心傷痛苦
感情不再被俘虜

圖福苦逐
成幸何風
勒是又隨
勾能逐事
獨也追往
孤數心讓
將單癡且

77.面具

如果　能回到過去
是否　就不會有悲劇
如果　能暫時失憶
是否　能將憂傷抹去

以為
傷　已痊癒
以為
痛　早麻痺
不經意的觸動
結痂的傷口
終究還是敵不過
那浪潮般翻湧的情緒
原來
疤痕只是假象
只是　面具

新竹 - 南寮
2013/09/29

黑暗中
你
看見了什麼
是恐懼
是茫然
還是
更清楚的
自己⋯

165
77.面具

台中－大雅
2013/03/24

每個人都有屬於自己的故事
或美　或憾
或平凡　或精彩

每個人都有屬於自己的夢想
或遠　或近
或努力追逐　或只是想想

人生
有時候不是對錯問題
而是際遇不同
有時候不是能不能
而是
願不願意…

78.重生

是誰　翻灑了黑墨
在蔚藍晴空恣意創作
是誰　弄哭了雲朵
淚水灑向那靜寂荒漠

記憶　像道被敲開的鎖
往事　歷歷在心田漫過
生命　有太多的錯過
歲月　已不能再蹉跎

把握　是給自己的承諾
未來　要穩住心中的舵
也許　依然會有考驗失落
只願　重現生命找回自我

79.愛情輪盤

有人說　愛是一種浪漫
有人說　愛需要勇敢
曾經　我將愛放在心坎
以為自己可以風輕雲淡

因為愛　有人撐起風帆
因為愛　我不怕困難
原來　愛需要更多承擔
也許平淡也是一種浪漫

愛情的輪盤
讓人天旋地轉
是註定是緣份也許各占一半
愛時兩糾纏
分離卻又傷感
是永恆是短暫　我已經釋然

新竹 – 南寮
2013/09/07

濃　風
　秋　隨葉夢釀濃
霞季華流落月秋酒
烟一年水片歲場比
日賞光匆一想一情
落靜紹匆拾遙醉深

南投－清境
2012/10/13

走過一季風華
終究逃不開既有的關卡
也許
曾經燦爛如上天塔
也許
夢幻只不過是場虛假
一場風雨
吹走了所有繁華
洗去了塵囂喧嘩
所有美麗與哀愁
終將
隨風浪跡天涯…

80.不想說

走在熟悉的街道
腦海閃過了你的身影
仰望藍天
陽光依舊　雲兒依舊
而我身邊已經沒有你

也許你真的沒錯
或許是我想的太多
緣份既然已經錯過
一切又何須多說

看著手中的咖啡
想起了昔日你的笑語
輕輕啜飲
香氣依舊　餘韻依舊
而我身邊已經沒有你

也許你真的沒錯
或許是我想的太多
緣份既然已經錯過
一切又何須多說

歲月喜歡玩日曆
一張張撕去
用青春塗滿了印記
折成小飛機
在時光的迴流裡
悄悄的
飛回那
未曾遺忘的曾經…

81.歲月

打開記憶的抽屜
思緒躍上時光機
穿越時空的距離
彷彿又回到過去

塵封的老舊相機
裝滿歲月的足跡
一張張寫著美麗
訴說青春的日記

啊……
飄落的日曆不斷更替
時光荏苒也未曾停息
今日終將成為明日的過去
往事只能回憶
珍惜未來莫再遲疑

82.緣盡

秋風釀愁緒
吹落丹楓淚滿地
前塵往事已難追憶
我想忘了你

送走了夏季
心碎也隨雲遠去
海闊天空一望無際
我想做自己

愛情盡頭剩別離
緣份難續情難依
欠你的
或許已經還盡
你欠我的
只能隨風忘記

戲夢一場人生路
不堪回首繭自縛
心荒燕蒼穹露拂
盼得蒼穹雨
花簇簇
羽化重生翩然舞

83.我想乘著風

我想乘著風
飛到那外太空
熠熠星河夜空
探一探廣寒宮
找尋玉兔嫦娥的芳蹤

我想乘著風
傳說中的瑤宮
織女情淚濛濛
七夕情不再空
千年情夢鵲鳥築橋虹

我想乘著風
來無影去無蹤
和歲月比匆匆
日月星辰如夢
越過疊疊層層的山峰

我想乘著風
管它南北西東
煩憂世俗拋空
將彩筆握手中
彩繪屬於自己的天空

南投 - 金龍山
2014/06/21

Canon EOS 5D Mark III

龍夢空宮　中蹤領空
金如魄仙　渺仙路金
夜幻魂似　飄覓把耀
璃磚欄情　霧處海珠
琉磅憑忘　雲何雲吐
彩千眙醉　龜問丈龍
七萬伫痴　梟借萬金

寶山－三峰路
2011/07/02

茫茫前世今生

繾綣滾滾紅塵

忘了來時路

情繫未知時

細細髮絲

承載了

累世緣份

虛也好

幻也罷

84.註定

也許
不該遇見你
也許
早該忘了你
早知道
相逢是悲劇
又何苦
讓緣再繼續

愛並不容易
情深難自己
莫非是天意
註定要分離

你怎麼可以
忍心讓我哭泣
你怎麼可以
讓愛變成回憶⋯

日月潭
2011/02/12

星光藏

獨留夜孤寂

朦朧光影漣漪起

遠方的你

可曾憶起

那曾經的

詩夢囈語

心迷離

淚瀧相思雨

攬琴弄弦窗台倚

千言萬語

只想為你

獨奏一曲

今夜微雨

85.約

說好　要一起踏遍世界
說好　天涯海角永相隨
說好　有夢要一起追
說好　一起笑一起流淚

是誰　准你違背了誓約
是誰　留下這孤獨的夜
是誰　准你可以單飛
是誰　讓我行囊自己背

春花秋月沒有你來陪
我的世界不再行雲流水
雪落雨飛只為一翦寒梅
冰封的是誰的心扉

任思念攀上落寞的月
任由風吹乾我的淚
也許你已疲憊不需要人陪
也許下輩子我們　再約

86.最美的手

小時候
您牽著我的手　呵護著我
您大大的手　緊握我的小手
在我最需要的　任何時候

跌倒的時候　您扶起了我
輕聲問　疼否
生病的時候　是您照顧我
日與夜　為我
哭泣的時候　您撫慰著我
將淚水　抹走
記憶中
那一雙手
是最溫暖的手

長大了
您放開我的手　任我遨遊
就算我任性　您也從不攔我
儘管眉頭深鎖　依然就我

失意的時候　您心疼我
就怕我　淚流
徬徨的時候　您開導我
幫我找　出口
孤單的時候　有您伴我
從不需　理由

最後牽您的手
哽咽在心口
握著您厚厚的手
那一吋吋歲月的傷口
會永遠在我心中停留
我會永遠記得
那一雙
熟悉　充滿愛
世界最美的手

如果有來生
我願　能再
牽　您的手

桃園-桃源仙谷
2013/01/26

看著我　您無法言語
撫著您　我心痛不能自己
最後的一刻
只想輕聲唱給您
儘管沒有回應
但我知道　您已聽見

看著您　我千言萬語
閉著眼　您只能默默無語
最後的一刻
只能將祝福予您
雖然依然不語
但我知道　您已聽見

87.再回首

再回首
彷如一場夢
再回首
淚眼矇矓
多少歲月曾經
歡笑和淚影
茫茫風雨待天清
漫漫長夜盼黎明

再回首　時光難倒流
再回首　轉眼白頭
窗外明月依舊　昨日夢難留
輕煙掠影已遠走　徒留惆悵在心頭

仰望天
雲兒隨風悠悠晃晃四海飄遊
看葉落
紛紛飛飛任由風吹隨波逐流
再回首　往事如煙
再回首　夢遠難戀
只有那深深的懷念滿心田

新北-十分寮
2012/12/14

一載有滑可似靠魚門又
節著的行曾清站貫裡是另
節不長的有晰了的上門裡
車一的窗外停駐的景緻
廂樣的旅程有的短
亦模糊
下外一段旅程…

88.流星

相愛不容易
卻為何道別離
流星劃過天際
只留下短暫絢麗

往事隨雲去
獨留傷悲自己
心迷失在霧裡
有誰能將門開啟

想你的夜裡
心痛剩幾許
愛一旦離去
何苦再追憶
你依然是你
我也揮別美麗
就像那流星劃過天際　已遠去

倘佯在時間的河裡
圓融退去了稜角
一身輕裝悠然星河
掬一壺歲月清酒
醺醉於柔夜的呢喃

新竹 — 赤土崎
2012/06/03

生活需要一點力
活力 動力 想像力
陽光笑臉擺憂鬱
樂觀進取多鼓勵
雞毛蒜皮莫介意
開心生活享創意

89.小黃

每天穿梭在街頭
嘸管日曝風吹或落雨（台語）
全年無休不怨尤
一通電話我就走

南來北往跑透透
嘸管上山下海墓仔埔（台語）
只要有人需要我
anywhere都帶你GO

嘿～～計程車
阿桑，請問要去叨？
麻煩林森路啦…

阿桑，民生路到了喔
唉唷，我是要去林森路嘸是民生路啦…

路旁有人來招手
小黃趕緊停下了腳步（台語）
會錯語意差很多
氣壞客人把腳跺

小姐，您喝醉了
啊我無醉無醉無醉…

遇到客人喝很多
歸路吵吵鬧鬧一直吐（台語）
無奈卻又能如何
平安送到家門口

請問…天堂路怎麼走…

北宜公路傳聞多
半暝三更阿飄來問路（台語）
嚇壞魂魄不囉嗦
踩緊油門快點溜

嘿～～Taxi
Please take me to …

ABCD不靈活
老外講啥我煞聽攏無（台語）
人家說勤能補拙
重拾書本為生活

每天穿梭在街頭
嘸管日曝風吹或落雨（台語）

認真打拚賺摳摳（台語）
快樂小黃就是我

南來北往跑透透
嘸管上山下海墓仔埔（台語）
服務人客嘸驚苦（台語）
快樂小黃就是我

90.知心

月光伴星海　　妳娓娓道來
帶著點無奈　　還有幾許悲哀

不知該不該　　也把心門開
過去和未來　　那深藏的情懷

我們都曾愛　　都被愛傷害
在愛裡徘徊　　能否再有期待

過去已不再　　並肩走未來
在茫茫人海　　我們找到信賴

南投-中興新村
2013/06/09

相逢自是有緣
能相知相惜
就是幸福…

91.晴時多雲偶陣雨

是誰　惹怒了雷公公
暴著白光　聲隆隆
雲兒嚇得　淚濛濛
陽光躲得　無影蹤

鳥兒快閃　說沒空
花兒低頭　也沉重
只有風兒　最從容
搖擺著身影　忙勸動

雷公公呀　您別激動
讓風兒給您　搧涼風
等待　那繽紛的彩虹
讓陽光　重現笑容

苗栗-南庄
2012/01/28

好久不見
想念你溫暖燦爛的笑容
風兒告訴我
是頑皮的雲兒將你藏了起來
仰頭 我請雲兒還給我藍天
雲兒嘟著嘴 耍著脾氣跑開了
而你 也笑了

台中－大雅
2013/03/24

Canon EOS 5D Mark III

腸爽海康
肝舒如健
傷喜茫體
醉水貪蕾
宿薄念味
濃茶求泊
酒清慾淡

92.泡麵

憶起年少時
口袋拮据的靦腆
因為有你陪伴
度過不繼三餐

時光轉眼逝
生活已不復從前
你也新裝不斷
彷如魔法百變

忘不了你的香
忘不了你的味
記憶裡縈繞的想念
忙碌藉口的方便
我們依然經常相見

忘不了你的香
忘不了你的味
添加劑衍生的夢魘
矛盾的拉扯試煉
只能放下對你依戀

93.夜

夜　　　　　　　　　　夜
為何你不說話　　　　　何處是雲的家
夜　　　　　　　　　　夜
是否你孤單害怕　　　　為何風浪跡天涯

夜　　　　　　　　　　夜
月兒伴你高掛　　　　　為何你不回答
夜　　　　　　　　　　夜
熠熠星河藏神話　　　　你怎能如此瀟灑

歲月悄悄添白髮
在轉瞬的剎那
人生何須太複雜
執著是否太傻

新竹 - 麗池
2016/03/07

繁　星　點　亮　夜　琉　璃
月　光　仙　子　情　曲
眩　暈　了　街　寬　虹
妝　彩　了　一　癡　迷

台中－新社
2012/11/17

是你無情
還是我不解風情
是你冷漠
還是我甘心寂寞
善緣難續 情緣難了
若不能兩情相悅
何苦彼此相虐
剪不斷 理還亂
是前世相欠
還是今生結的怨

94.對你太好是我最大的錯

別再問我以後
別再為我等候
受創的傷口
還隱約在心頭
怎能回頭

對你付出太多
你曾是我所有
時間的洪流
沖淡愛和傷口
淚不再流

別問我誰對誰錯
也許你我都有
過去不想再追究
因為不再擁有

或許對你的愛不夠
我已不願再忍受
美麗的花朵已掉落
留下孤單的枝頭
如果我有錯
那就是對你好得太過

95.小黑

鄰居有隻小黑
常常摸來這裡偷鞋
被人卯起來追
牠卻一點也不累
三不五時伺機偷鞋
可惡的小黑
叼走了鞋拔腿就跑狂奔到田野

小黑小黑
拜託不要再來偷鞋
小黑小黑
常常追你真的好累
若是你再來偷鞋
小心告訴警察伯伯
把你關進籠子你就準備倒大楣

心　寬　諸　事　圓
悲　喜　一　念　間
笑　看　人　生　路
苦　中　透　甘　甜

95.小黑

96.鳳凰花

熱情如妳
卻為何迎來離情依依
在每一個夏季

火紅艷麗
不甘寂寞的蟬鳴唧唧
那青春的記憶

和風輕拂落花幾許
離情愁緒隨風而去
花枯影猶在　翩然似蝶飛
若說嫣紅為離情
花落展翅更高飛
離別只為下一段風景
或許
下一次花開
會更燦爛美麗

新竹－赤土崎
2012/05/26

裳妝藏嬌
霓紅輝瑤
舞點金醉
意拂羞姿
恣輕還丰
風扇語妙
輕綠欲曼

悵翔揚祥
惆飛悠徜
心任盡憶
紅夢霞懷
嫣幻紅情
園絮色日
滿雲暮往

97.斑鳩

有一隻可愛的斑鳩
佇立在窗口
低沉的歌聲喚醒我
睡意全溜走

輕聲跟斑鳩say哈囉
你可知道我
芸婆婆和你做朋友
可別不理我

你看我
我看你
隔著窗兒揮揮手
抬起頭
看著我
千萬別飛走

我會經常來等候
等你來敘舊
斑鳩你要記得我
常常來看我

新竹－南寮
2013/08/04

醉了…

未飲微醺

今朝

聽妳細細呢喃

妳春風的懷裡

沐浴在

道一生嗨

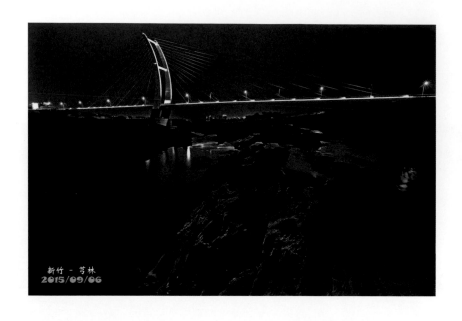

新竹 - 芎林
2015/09/06

晚風起　愁幾許
暮色嫣然心似雨
明月舉　星不語
呢喃夢囈相思曲

98.最遠的想念

我仰望藍天
問白雲　何處最遠
白雲默默無言
也許
最遠不在藍天

我凝望大海
告訴海　我的想念
浪花洶湧捲捲
彷彿
將思念送遙遠

佇立海邊
想著所有從前
歲月不斷的向前
遠方的你　可曾改變
仰望藍天
白雲愈飄愈遠
也許
有那麼一天
我們　會再相見

揮別了黑夜
陽光重新照亮這世界
忘了昨夜月的殘缺
露珠兒閃耀著喜悅...

99.感謝有你

曾經心灰　無法理解
世界為何那麼多虛偽
曾經以為　心已經碎
世界彷彿只剩黑夜

感謝有你　感謝有你陪
溫暖我失意徬徨的心扉
感謝有你　感謝有你陪
原來孤單不是我的一切

失色薔薇　枯萎花蕊
陽光沉睡任由風來吹
街燈明滅　無情歲月
白天黑夜已無所謂

感謝有你　感謝有你陪
讓我的世界重現了光輝
感謝有你　感謝有你陪
人生何妨再美一回

霜雪堆疊　有誰能解
作繭蝶兒如何能高飛
打開心結　擺脫苟且
雲霧盡退重把夢來追

感謝有你　感謝有你陪
荒漠甘泉比什麼都可貴
感謝有你　感謝有你陪
真摯情誼可比星月

100.茫

茫茫大海　浪去潮來
歲月不再　徒留傷懷
際遇安排　又能何奈
敞開心海　自明白

無垠穹蒼　落日斜陽
野雁飛翔　歸向何方
雲彩悠揚　荏苒時光
幾許惆悵　幾許傷

框起心愁
放眼瓊樓
藍天白雲
盡在左右

將挫折
擺渡在生命的長河
繼續向前...

101.還記得嗎

還記得嗎　一起走過夕陽西下
還記得嗎　河堤邊的浪漫煙花
雨傘下　我淋濕的頭髮
月光下　你曾說過的話

還記得嗎　那年白色聖誕雪花
還記得嗎　滿街木棉綻放新芽
大樹下　陪著蝸牛回家
陽光下　白雲悠然無瑕

還記得嗎　一起走過夕陽西下
還記得嗎　河堤邊的浪漫煙花
雨傘下　我淋濕的頭髮
月光下　你曾說過的話

還記得嗎　那年白色聖誕雪花
還記得嗎　滿街木棉綻放新芽
大樹下　陪著蝸牛回家
陽光下　白雲悠然無瑕

蒲公英隨著那風兒浪跡天涯
你說為了愛願不惜任何代價
就算天上的星　也會使命必達
我喜歡你這樣的癡傻

愛情就像冬夜裡的溫暖火把
將我冰冷的心一點一滴融化
一曲浪漫恰恰　一杯濃情摩卡
幸福就像暈染的紅霞

愛情總是讓人傻得無法自拔
寧願相信神話卻分不出真假
無情歲月流沙　凋謝的愛情花
想瀟灑偏又難以放下

感情的世界如何能容一粒沙
撕裂的一顆心彷彿千刀萬剮
愛時日夜牽掛　分時心亂如麻
心碎淚水在臉頰漫爬

新竹 - 南寮
2014/07/06

記得
那年夏天
我們漫步在海邊
輕風 絮雲 點點
金沙
我們共譜浪漫的詩篇
也許　你已經忘記
那曾經的誓言
已隨浪花走遠…

102.賀年

金猴迎春納新喜　　　繽紛年華似彩筆
花開富貴吉祥曲　　　魅力破表萬人迷
暖陽溫煦照大地　　　愛情如沐春風裡
四季平安人歡喜　　　浪漫指數賽巴黎

萬事如意諸事吉　　　金玉滿堂雙手提
財運亨通年有餘　　　幸福洋溢樂無比
玉食名車披金縷　　　一聲恭喜祝福您
事業順心最得意　　　新年快樂萬福齊

身強體健無人敵
活力泉湧自由取
海闊天空碧如洗
天天開心笑容掬

徐徐清風漾春意
暖陽輕灑醒大地
百花燦笑萬人迷
一畦水田盈盈綠

炮竹一聲賀新喜
萬象更新迎春曲
拜年出遊皆如意
老少齊聚心歡喜

行雲──季芸詩詞集

𝕊 獵海人

行雲
——季芸詩詞集

作　　者	季　芸
圖文排版	楊家齊
封面設計	林德叁
照片拍攝提供	Chris Chen
出版策劃	獵海人
製作發行	獵海人
	114 台北市內湖區瑞光路76巷69號2樓
	電話：+886-2-2518-0207
	傳真：+886-2-2518-0778
	服務信箱：s.seahunter@gmail.com
展售門市	國家書店【松江門市】
	10485 台北市中山區松江路209號1樓
	電話：+886-2-2518-0207
	三民書局【復北門市】
	10476 台北市復興北路386號
	電話：+886-2-2500-6600
	三民書局【重南門市】
	10045 台北市重慶南路一段61號
	電話：+886-2-2361-7511
網路訂購	博客來網路書店：http://www.books.com.tw
	三民網路書店：http://www.m.sanmin.com.tw
	金石堂網路書店：http://www.kingstone.com.tw
	學思行網路書店：http://www.taaze.tw
法律顧問	毛國樑　律師

出版日期：2016年5月
定　　價：300元

國家圖書館出版品預行編目

行雲 : 季芸詩詞集 / 季芸著. -- 臺北市 : 獵海人,
    2016.05
        面 ；　公分
    ISBN 978-986-93145-2-7(平裝)

863.51   105007834